Tina and the Scarecrow Skins
Tina y las pieles de espantapájaros

By/Por Ofelia Dumas Lachtman

Illustrated by/Ilustraciones de Alex Pardo DeLange

Spanish translation by/Traducción al español de José Juan Colín

Piñata Books
An Imprint of Arte Público Press
University of Houston
452 Cullen Performance Hall
Houston, Texas 77204-2004
http://www.arte.uh.edu
Order by phone: 800-633-ARTE

Publication of *Tina and the Scarecrow Skins* is made possible through support from the Lila Wallace—Readers Digest Fund, the Andrew W. Mellon Foundation and the City of Houston through The Cultural Arts Council of Houston, Harris County. We are grateful for their support.

Esta publicación de *Tina y las pieles de espantapájaros* ha sido subvencionada por la Fundación Lila Wallace—Readers Digest, la Fundación Andrew W. Mellon y el Concilio de Artes Culturales de Houston, Condado de Harris. Les agradecemos su apoyo.

Arte Público Press thanks Teresa Mlawer of Lectorum Publications for her professional advice on this book.

Arte Público Press le agradece a Teresa Mlawer de Lectorum Publications su asesoría profesional sobre este libro.

Piñata Books are full of surprises!

Piñata Books
An Imprint of Arte Público Press
University of Houston
452 Cullen Performance Hall
Houston, Texas 77204-2004

Lachtman, Ofelia Dumas.
    Tina and the scarecrow skins / by Ofelia Dumas Lachtman; illustrations by Alex Pardo DeLange; Spanish translation by José Juan Colín = Tina y las pieles de espantapájaros / por Ofelia Dumas Lachtman; ilustraciones de Alex Pardo DeLange; traducción al español de José Juan Colín.
        p.   cm.
    Summary: Tina's mother doesn't seem to accept her new friend until the night Mamá cooks tamales, and they learn they both speak the same language.
    ISBN 1-55885-373-1 (alk. paper)
    [1. Friendship—Fiction.   2. Prejudices—Fiction.   3. Mothers—Fiction.
4. Spanish language materials—Bilingual.]   I. Title: Tina y las pieles de espantapájaros.   II. DeLange, Alex Pardo, ill.   III. Colín, José Juan.   IV. Title.
PZ73.L25   2002
[E]—dc21   2001051168
                                                                                                    CIP

2 3 4 5 6 7 8 9 0 1   0 9 8 7 6 5 4 3 2 1

For Susan Zilber, my agent and "buddy" on the publishing trail.
—ODL

To my oldest daughter Nicole, and her good friend Kristy, my Tina and Little Bell. To my children, Christopher and Danielle, and my husband Greg; my models and inspiration.
—ADL

Para Susan Zilber, mi representante y "buddy"
en mi camino editorial.
—ODL

Para Nicole, mi hija mayor, y para su buena amiga Kristy, mi Tina y mi Campanita. Para mis hijos Christopher y Danielle, y para mi esposo Greg; mis modelos e inspiración.
—ADL

Tina wanted a friend.
Someone to walk to school with her.
Someone to eat the hard-cooked egg from her lunch.
Someone to invite to Mamá's tamale suppers.
Oh, how she missed a friend!

Tina lived with her mother and her brother Pablo in a small brick house squeezed between tall buildings in a big city by the sea. Mamá said the tall buildings had ruined the old neighborhood. Mamá was right. When the yellow bulldozers tore down the little houses, every one of Tina's friends had moved away.

Tina quería una amiga.
Alguien que caminara a la escuela con ella.
Alguien que se comiera el huevo cocido del almuerzo.
Alguien a quien invitar a las cenas de tamales de Mamá.
¡Ay!, cómo deseaba tener una amiga.

Tina vivía con su mamá y con su hermano Pablo en una pequeña casa de ladrillo entre unos edificios enormes en una ciudad grande junto al mar. Mamá decía que los grandes edificios habían arruinado el viejo vecindario. Mamá tenía razón. Cuando las aplanadoras amarillas derrumbaron las pequeñas casas, todos los amigos de Tina se mudaron a otro lugar.

Then, one morning as Tina pulled weeds in Mamá's vegetable garden, she heard someone singing softly. She raced to the fence and looked over it to the tall building next door. A girl in a long skirt sat on a bench at the top of the building's basement stairs. Her head was bent over her lap. All Tina could see was a mop of blonde curls.

"What's your name?" Tina called.

"I'm Little Bell," she said, "and I'm counting my bandlebond bones. See?" She held out a box filled with broken shells.

Tina scrambled over the fence. She peeked into the box and smiled. And then they both burst out laughing.

Una mañana, mientras Tina le quitaba las malas hierbas al huerto de Mamá, escuchó a alguien que cantaba suavemente. Corrió hacia la cerca y miró sobre ésta hacia el edificio de al lado. Una niña con una falda larga estaba sentada en una banca, en lo alto de las escaleras del sótano del edificio. Tenía la cabeza recostada sobre el regazo. Lo único que Tina podía ver era un manojo de rizos rubios.

—¿Cómo te llamas? —le preguntó Tina.

—Me llamo Campanita —dijo la niña— y estoy contando los huesos deshechos favoritos. ¿Ves? —Le mostró a Tina una caja llena de conchas rotas.

Tina trepó por la cerca. Miró en la caja y y sonrió. Después las dos se rieron a carcajadas.

From that day on, Tina had a friend. From that day on, Tina also had a problem. When she told Mamá about her new friend, Mamá said, "'Little Bell'? What is this? That girl needs a sensible name!"

The first time that Mamá saw Little Bell, she said, "Skirts that drag on the ground. What is this? That girl needs some suitable clothes!"

The second time was even worse. "What are all those silly words she uses? That girl needs to learn proper talk!"

Desde ese día, Tina tenía una amiga. Desde ese día, Tina también tenía un problema. Cuando le contó a Mamá acerca de su nueva amiga, Mamá le dijo: —¿Campanita? ¿Qué es eso? ¡Esa niña necesita un nombre normal!

La primera vez que la mamá de Tina vio a Campanita dijo: —Faldas que se arrastran por el piso. ¿Qué significa eso? ¡Esa niña necesita ropa a su medida!

La segunda vez fue peor: —¿Qué significan todas esas palabras tontas que usa esa niña? ¡Esa niña necesita aprender a hablar correctamente!

A day or two after that, Tina went to the store to buy corn husks for tamales for that night's supper. It was late in the afternoon and the cold sea air nipped at her nose as she turned the corner with the paper bag in her hands. There, sitting on a fireplug was her new friend Little Bell.

"What did you buy?" she asked.

"Corn husks. The last ones in the store. Mamá needs them for tamales."

Little Bell peeked into the bag. "Tamales," she said. "What are they?"

"Come to my house and you can find out!"

"All right, I will," Little Bell said. "I'll come right now!"

Uno o dos días después, Tina fue a la tienda a comprar hojas de maíz para los tamales de la cena de esa noche. Ya era tarde y la fría brisa del mar le hacía cosquillas en la nariz mientras daba vuelta a la esquina con una bolsa de papel en las manos. Allí, sentada en uno de los hidrantes, estaba su nueva amiga, Campanita.

—¿Qué compraste? —le preguntó.

—Hojas de maíz. Las últimas en la tienda. Mamá las necesita para hacer tamales.

Campanita se asomó a la bolsa: —Tamales —dijo—. ¿Qué son?

—¡Ven a mi casa y lo sabrás!

—Muy bien —dijo Campanita—. Iré ahora mismo.

Tina gulped. Mamá hadn't said she could invite her. And Mamá was strict about such things. Still, she didn't want to hurt her new friend's feelings, so she said, "Come on."

All the way home, with Little Bell beside her, Tina thought only good thoughts: red kites and rain puddles and bells ringing recess. Mamá had to say yes.

Tina tragó. Mamá aún no había dicho que la podía invitar, y Mamá era muy estricta en esas cosas. Aun así, Tina no quería herir los sentimientos de su nueva amiga, y le dijo: —Bueno, vamos.

Durante todo el camino a casa, con Campanita a su lado, Tina pensaba sólo en buenos pensamientos: papalotes rojos y charcos de lluvia y el timbre del recreo. Mamá tenía que decir que sí.

When Tina opened the door of her house, she sniffed the good smells of meat and chili peppers stewing. Soon Mamá would spread the corn batter called *masa* on the dampened corn husks. Meat in its spicy sauce would follow. Next, the husks would be wrapped up and then steamed. Tina's mouth watered as she rushed into the living room.

Her brother Pablo and his friend Robert were cleaning out the fireplace. Robert was wearing a white shirt and shiny brown shoes. Tina was sure that he would stay for supper.

"Wait here," she said to Little Bell. "I'll be right back."

Mamá was in the kitchen kneading the *masa* in a big brown bowl. "If I do say so myself," she said, "and I do, these will be my best tamales."

Cuando Tina abrió la puerta de su casa, olió los deliciosos aromas de la carne y de los chiles cociéndose. En poco tiempo Mamá pondría la masa de maíz en las húmedas hojas de maíz. A continuación, la carne con su picosa salsa. Enseguida las hojas se envolverían y se cocerían. A Tina se le hacía agua la boca cuando corrió a la sala.

Su hermano Pablo y su amigo Robert estaban limpiando la chimenea. Robert vestía una camisa blanca y unos zapatos cafés brillantes. Tina estaba segura de que Robert se quedaría a cenar.

—Espérame aquí —le dijo a Campanita—. Ahorita vengo.

Mamá estaba en la cocina amasando la masa en un tazón grande: —Me atrevería a decir que éstos serán mis mejores tamales.

Tina laid the bag of corn husks on a bench by the door. "I wish that you liked Little Bell," she said.

"I'd like her more," Mamá said, "if she wore shoes and proper clothes."

"You don't like her," Tina said sadly.

"I didn't say that," said Mamá.

"Then can she stay for supper?"

Mamá put down her wooden spoon and sighed.

"She'll be alone," Tina said quickly, "except for the neighbor lady who watches her. Remember, Little Bell doesn't have a mother, and her father is working tonight!"

Tina puso la bolsa de hojas de maíz en una banca cerca de la puerta. —Me gustaría que te cayera bien Campanita —le dijo a su mamá.

—Me caería mejor —dijo Mamá—, si usara zapatos y ropa apropiada.

—No la quieres —dijo Tina con tristeza.

—Yo no dije eso —dijo Mamá.

—Entonces, ¿puede quedarse a cenar?

Mamá soltó la cuchara de madera que tenía en la mano y suspiró.

—Está sola —dijo Tina rápidamente—, excepto por la vecina que la cuida. ¡Recuerda que Campanita no tiene mamá y su papá trabaja esta noche!

Instead of saying yes, Mamá said, "And what does her father do?"

"Well," Tina said, taking a long, deep breath, "in the daytime he paints pictures and at night time he plays drums in a band."

"Humph!" said Mamá.

"But he makes music, Mamá! Like Papá used to do."

Mamá sighed deeply. "Music, he? It is true that there are many kinds of music."

"He makes proper music!" Tina said, and Mamá smiled.

"Just for tonight. Another plate on the table," she said.

Tina gave Mamá a hug and raced into the living room.

En vez de decir que sí, su mamá preguntó: —Y, ¿qué hace su papá?

—Bueno —dijo Tina respirando larga y profundamente—, durante el día pinta y durante la noche toca batería en un conjunto.

—¡Ba! —dijo Mamá.

—¡Crea música, Mamá! Como hacía Papá.

Mamá replicó: —¿Música, él? Es cierto que hay muchos tipos de música.

—Él toca música apropiada —dijo Tina, y Mamá sonrió.

—Sólo por esta noche. Pon otro plato en la mesa —dijo Mamá.

Tina abrazó a su mamá y corrió a la sala.

"Don't get in our way," Pablo grumbled. "We're starting a fire in the fireplace. Robert, get the kindling. I'll bring in the logs."

The fire was cracking merrily in the fireplace when Mamá called, "We're ready for the corn husks. Bring them, Tina."

Tina ran to the bench by the door, but the bag wasn't there. It wasn't on the back steps or on the chair by the stove. "It's gone," she groaned, "and the man at the store said there were no more."

"No corn husks, no tamales," Mamá said. "Everyone must look for them."

Everyone did.

—No te nos atravieses —refunfuñó Pablo—. Estamos haciendo lumbre en la chimenea. Robert, trae unos trocitos de madera. Yo traeré la leña.

La lumbre tronaba alegremente en la chimenea cuando Mamá anunció: —Ya está lista la masa. Tina, trae las hojas.

Tina corrió a la banca junto a la puerta pero la bolsa ya no estaba ahí. Tampoco estaba en los escalones ni en la silla junto a la estufa. —Ha desaparecido —murmuró—, y el señor de la tienda dijo que ya no tenía más hojas.

—Si no hay hojas, no hay tamales —dijo Mamá—. Todos tienen que buscarlas.

Todos las buscaron.

Tina bumped into Mamá, who was looking in the kitchen.

Mamá bumped into Little Bell, who was looking under the tables and chairs.

"Why are you looking there?" Mamá asked.

"Because at my house we have paint and bags with rags under the tables and beds. And noggles and bingles and things. And even a box of scarecrow skins!"

"Humph!" said Mamá, and Tina swallowed hard.

Tina chocó con Mamá, que buscaba en la cocina.

Mamá chocó con Campanita, que buscaba debajo de las mesas y de las sillas.

—¿Por qué buscas ahí? —preguntó Mamá.

—Porque en mi casa tenemos pinturas y cajas de trapos debajo de las mesas y de las camas. Y mitos y critos y cosas. Y hasta una caja de pieles de espantapájaros.

—¡Ba! —dijo Mamá, y Tina tragó en seco.

Yes, everyone looked everywhere. Except Robert. He looked only at the tops of his shiny brown shoes.

Tina stared at him. Now she knew what had happened! "Robert," she wailed, "you put the husks in the fire."

Robert's face turned red. "How did I know they weren't kindling? Anyway, corn husks aren't good for anything."

"Yes, they are!" cried Tina, who loved to cook.

"We make tamales with them," said Pablo, who loved to eat.

"Maybe you can make them with scarecrow skins," said Little Bell, who liked to help.

Robert sniffed.

Pablo snickered.

And Tina gulped. Scarecrow skins, oh, my! "Maybe the man at the store can find more, if the store is open. Come on, Little Bell."

Sí, todos buscaron por todas partes, excepto Robert. Él sólo miraba la punta de sus brillantes zapatos color café.

Tina se le quedó mirando. De pronto se dio cuenta de lo que había pasado: —Robert —exclamó—, pusiste las hojas de maíz en la lumbre.

La cara de Robert se puso roja:—¿Cómo iba yo a saber que no eran para hacer el fuego? De todas formas, las hojas de maíz no sirven para nada.

—Claro que sirven —repuso Tina, a quien le encantaba cocinar.

—Nosotros hacemos tamales con ellas —dijo Pablo, a quien le encantaba comer.

—Tal vez puedan hacerlos con pieles de espantapájaros —dijo Campanita, a quien le encantaba ayudar.

Robert se azoró.

Pablo se rió.

Y Tina tragó en seco. Pieles de espantapájaros, ¡Válgame!: —Tal vez el señor de la tienda tenga más hojas, si la tienda aún está abierta. ¡Vamos, Campanita!

But the store wasn't open. Tina pounded at the front door. Little Bell pounded at the back door. When not even a dog barked, nor a cat meowed, nor a tiny light went on, Tina turned away. "Let's go home," she said to Little Bell.

"Oh, no! Let's go get my scarecrow skins."

Tina shook her head. "Not now. Mamá's waiting."

Little Bell's blue eyes filled with tears. "But I want to help," she said.

"All right," Tina said with a smile and a sigh, "let's go get your scarecrow skins."

Pero la tienda no estaba abierta. Tina tocó fuerte en la puerta de entrada. Campanita tocó fuerte en la puerta de atrás. Como ni siquiera ladró un perro, ni maulló un gato, ni se encendió una luz, Tina se volteó: —Vámonos a casa —le dijo a Campanita.

—¡No! Vamos a traer las pieles de espantapájaros.

Tina meneó la cabeza: —Ahora no, Campanita. Mamá nos está esperando.

Los ojos de Campanita se llenaron de lágrimas: —Pero, quiero ayudar —dijo.

—Está bien —dijo Tina asintiendo con una sonrisa—, vamos a traer las pieles de espantapájaros.

They ran to the building next door and down the basement steps to where Little Bell lived. Inside, Little Bell dragged a cardboard carton from underneath a table.

"Oh, no," she said. "These are my moon mittles and mots."

Tina giggled. They were just pebbles and shiny bits of glass.

Little Bell tiptoed into the bedroom. "In the basket," she said, "are the slithery crittles. Take care!"

Tina squirmed. The basket was full of tangles of string and pieces of rope.

Little Bell pointed under the bed. "Over there, in the darkest dark, is the box that has the scarecrow skins."

This time, Tina groaned. The box could be filled with anything. If she took it home, Robert would sniff, Pablo would snicker and Mamá would say, *What is this?* But it would be worse to hurt Little Bell's feelings. So Tina crawled under the bed with her and pulled out a tightly tied carton. She swallowed hard and said, "All right, we'd better go."

Las dos corrieron al edificio de al lado y bajaron las escaleras del sótano donde vivía Campanita. Ya adentro, Campanita sacó una caja de cartón que estaba debajo de una mesa.

—No son —dijo—. Estos son mis lazos de luna y lan.

Tina sonrió. Eran sólo piedrecitas y pequeños fragmentos de vidrio.

Campanita entró de puntillas a la recámara: —En esa canasta hay gusanos resbaladizos. ¡Cuidado! —dijo.

Tina se estremeció. La canasta estaba llena de cordones anudados y trozos de cuerda.

Campanita señaló debajo de la cama: —Allí, en lo más oscuro está la caja de pieles de espantapájaros.

Esta vez Tina refunfuñó. La caja podía contener cualquier cosa. Si la llevara a casa, Robert se azoraría, Pablo se burlaría y Mamá diría, "¿Qué es esto?" Pero sería peor lastimar los sentimientos de Campanita. De modo que Tina se metió con ella debajo de la cama y juntas sacaron una caja de cartón amarrada. Tina tragó en seco y dijo: —Bueno, será mejor irnos.

A short time later, Tina and Little Bell raced into Mamá's kitchen red-cheeked and out of breath. They put the box on the tabletop, and Tina tugged at the strings until it was open.

"Oh, my," Tina said, with a sly look at Little Bell, "this box is filled with scarecrow skins."

Robert sniffed.

Pablo snickered.

And Mamá sighed.

Then Tina reached into the box and pulled out a handful of crackly corn husks. She held them up and said, "See?"

"I see, I see," Mamá said. "Not too green, not too dry, just perfect for tamales. Why did we ever use anything but scarecrow skins?"

"I know," Tina said. "But some people will always call them corn husks."

Little Bell nodded.

Mamá laughed.

And Tina thought the best of thoughts: Mamá and Little Bell were friends at last!

Al poco rato, Tina y Campanita llegaron corriendo a la cocina de Mamá con las mejillas coloradas y sin aliento. Pusieron la caja encima de la mesa y Tina tiró de los hilos hasta que la abrió.

—Qué maravilla —dijo Tina, mirando con complicidad a Campanita—, esta caja está llena de pieles de espantapájaros.

Robert se azoró.

Pablo se burló.

Y Mamá suspiró.

Entonces Tina metió la mano en la caja y sacó un puñado de hojas de maíz crujientes. Las levantó y dijo: —¿Ven?

—Ya veo, ya veo —dijo Mamá—. Ni muy verdes, ni muy secas, perfectas para hacer tamales. ¿Por qué hemos utilizado hojas y no pieles de espantapájaros?

—Es verdad —dijo Tina—. Pero algunas personas siempre las llamarán hojas de maíz.

Campanita asintió.

Mamá se rió.

Y Tina tuvo el mejor de los pensamientos: Mamá y Campanita ¡al fin eran amigas!

Ofelia Dumas Lachtman was born in Los Angeles to Mexican immigrant parents. Her stories have been published widely in the United States, including prize-winning books for Arte Público Press such as *The Girl from Playa Blanca*. She has written four other novels for young adults: *Call me Consuelo, Leticia's Secret, The Summer of El Pintor* and, her latest, *A Good Place for Maggie*. She is also the creator of the Pepita series that includes: *Pepita Talks Twice / Pepita habla dos veces, Pepita Thinks Pink / Pepita y el color rosado, Pepita Takes Time / Pepita, siempre tarde,* and *Pepita Finds Out / Lo que Pepita descubre*. Dumas Lachtman resides in Los Angeles and she is the mother of two children.

Ofelia Dumas Lachtman nació en Los Ángeles y es hija de inmigrantes mexicanos. Sus cuentos y novelas se han publicado en Estados Unidos, algunos de los cuales han resultado premiados, entre ellos: *The Girl from Playa Blanca*. Ha escrito cuatro novelas más para jóvenes: *Call me Consuelo, Leticia's Secret, The Summer of El Pintor* y, la más reciente, *A Good Place for Maggie*. Ella es la autora de la serie de Pepita que incluye: *Pepita Talks Twice / Pepita habla dos veces, Pepita Thinks Pink / Pepita y el color rosado, Pepita Takes Time / Pepita, siempre tarde* y *Pepita Finds Out / Lo que Pepita descubre*. Dumas Lachtman reside en Los Ángeles y es madre de dos hijos.

Alex Pardo DeLange is a Venezuelan-born artist educated in Argentina and the United States. A graduate in Fine Arts from the University of Miami, Pardo DeLange has illustrated numerous books for children, among them: *Pepita Talks Twice / Pepita habla dos veces, Pepita Thinks Pink / Pepita y el color rosado, Pepita Takes Time / Pepita, siempre tarde, Pepita Finds Out / Lo que Pepita descubre* and *Sip, Slurp, Soup, Soup / Caldo, caldo, caldo*. She lives in Florida with her husband and three children.

Alex Pardo DeLange es una artista venezolana educada en Argentina y en Estados Unidos. Se recibió de la Universidad de Miami con un título de arte. Pardo DeLange ha ilustrado muchos libros para niños, entre los que se encuentran: *Pepita Talks Twice / Pepita habla dos veces, Pepita Thinks Pink / Pepita y el color rosado, Pepita Takes Time / Pepita, siempre tarde, Pepita Finds Out / Lo que Pepita descubre* y *Sip, Slurp, Soup, Soup / Caldo, caldo, caldo*. Ella vive en Florida con su esposo y sus tres hijos.